아거 제작입니다

아직 제정신 입니다

마메의
정신없는 날들

마메 글·그림 | 라미현 옮김

사계절

Original Japanese title: OBASAN DAYS
Copyright ⓒ 2019 Mame
Original Japanese edition published by Fusosha Publishing, Inc.
Korean translation rights arranged with Fusosha Publishing, Inc.
through The English Agency (Japan) Ltd. and Eric Yang Agency, Inc
Korean translation ⓒ 2021 by SAKYEJUL PUBLISHING Ltd. All rights reserved

차례

제1장 아줌마의 웃긴 일상

제 2 장 아줌마와 일

제3장 아줌마의 우정

안녕하세요. 마메입니다. 아이 셋 키우는 싱글맘인데 어느새 보니 아줌마가 되어 있네요.

전에 아줌마들만 있는 직장에서 일한 적이 있다.

물론 나도 아줌마 중 한 사람이다.

하루는 어느 아줌마가 이런 말을 했다.

날마다 일어나는 사소한 일을 만화로 전하고 있습니다. 재미있게 읽어주시면 감사하겠습니다.

제 1 장 아줌마의 웃긴 일상

아...
...

그...
럴군요.

6

섹시해지고 싶어서

예전에 섹시 팬티 붐이 일어서

섹시라 하면 끈팬티지.

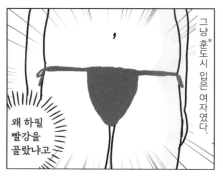

그냥 훈도시* 입은 여자였다.

왜 하필 빨강을 골랐냐고.

* 훈도시: 음부만 가리는 일본 남성의 전통 속옷

속옷 매장

좋아, 이걸로 하자.

얼른 집에 와서 입어보았지만

부스럭 부스럭

거울 앞에 선 나는…

처졌기 때문입니다

네개로 늘어나기만 했다.

뽕 브라가 달린 캐미솔을 발견했다.

오올, 이거 좋은걸.

풍만

당장 주문했다.

어디, 어디.

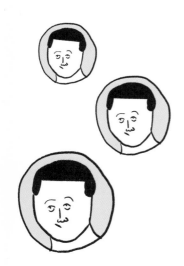

인터넷에는 아주 풍만해 진다고 쓰여 있어서

풍만한 가슴

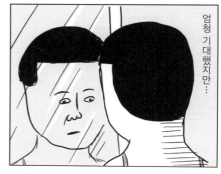

엄청 기대했지만…

9

* 스다 마사키: 일본의 인기 배우이자 가수

11

* 프루츠 미츠마메: 한천젤리, 각종 과일, 붉은 완두콩 삶은 것에 시럽을 넣은 것

13

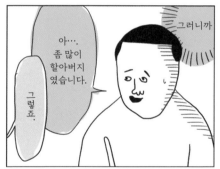

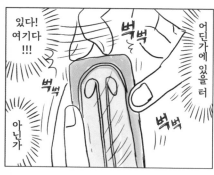

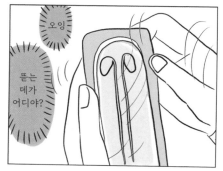

17

19

20

아―
개운해

편의점 다녀오는 길에 뜬금없이 생각나서 목욕탕에 갔다.

타월 세트 빌리면 되고.

아무것도 없지만

타월 세트 빌리는 걸 깜박해서 옷으로 닦았다.

쓱 으 쓱

음, 우선….

입욕권

입욕

어른 500 | 어린이 200 | 타월세트 1000
샴푸 150 | 린스 150

있다, 있다.

천천히 즐기세요.

여기요.

편리한 시대네

입욕

21

배달

아슬아슬한 사람

버스 정류장에서 버스를 기다리고 있는데

여기야 여기!

배달을 시켰다.

음, 메밀국수 세 개하고, 덮밥 좀 있어요?

네, 있습니다.

참고로 인터넷 메뉴에 실려 있지 않은 것도 있습니다.

아이패드

엄청 힘들어 보이는 사람이 왔다.

무거웡.

무거웡.

헉헉…

그렇군요.

네, 예를 들면

돈가스달걀덮밥

*규스지덮밥

네.

네.

버스에 올라서는 것도 고생

카레덮밥

3색 덮밥

오징어튀김덮밥

새우튀김덮밥

돼지고기덮밥

네.

네.

네.

오, 네.

오, 네.

그리고 그녀가 자리에 앉은 순간

털석

앗.

불고기덮밥

닭고기경단덮밥

스래미너덮밥

다 받아 적을 수가 없다

* 규스지: 소 힘줄

22

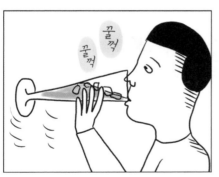

훌륭해

선택받은
소재들이
만나서
절묘한 균형을
만들고
있습니다.

으음

너무
맛있다

여기서 무엇 하나
줄어도 늘어도 안
돼요.

우물
우물

생각했던
그 맛이야, 이거!

폭신폭신한 케이크에
너무 달지 않은 휘핑크림

우물
우물

그야말로
계산된
맛입니다,
이것은.

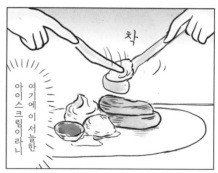

여기에 이 서늘한
아이스크림이라니

착

잘
먹었습
니다.

으음
….

탁

거기다
수제 잼의
달콤새콤함을
더하면

26

27

큰일이네.

체력이 없어서 말이지.

얘기가 하나도 안 맞아.

아하하

버스정류장에서 아줌마들이 수다를 떨고 있다.

어쩌고

저쩌고

한복판에 누가 있는 건가?

오늘 말이야.

슈퍼 계산대 너무 복잡하더라.

나는 산책 삼아 나왔어.

어쩌다 걸으면 피곤하더라고.

아하하

버스

앞

느려요! 라고

줄 서 있는 사람이 화를 내서.

28

두 할머니의 대화

패밀리 레스토랑에서—

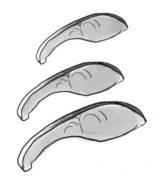

응, 뭐.

그래도 좋아 하니까.

탁탁 탁탁 탁탁

지인의 잡화점에 갔을 때 일이다.

안녕 하세요.

탁탁 탁탁

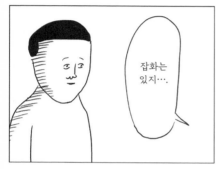

잡화는 있지….

안녕하세요

어서 와.

탁탁 탁탁 탁탁

이렇게 깨끗하게 해주면….

탁탁 탁탁 탁탁

앗, 점장님, 청소 중이세요?

봐, 웃는다.

뭐라는 거지?

응, 맞아.

물건이 많아서 힘들 겠어요.

탁탁 탁탁 탁탁 탁탁

뭔가 바빠 보였다.

점장의 '잡화가 웃는다' 발언을 듣고

봐, 웃잖아.

…

간장병

윽

많이 피곤하겠네.

알바생인 S 씨와

잘 모르겠네요.

하하

뭘까요, 지금 들은 말.

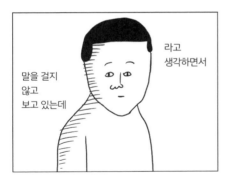

라고 생각하면서

말을 걸지 않고 보고 있는데

하핫

잡화가 웃다니….

점장님 피곤하신지도.

그런가.

어?

그리고 1주일 뒤 가게 앞을 지나가는데

그리고 이것도.

여기도 부탁해.

네!

34

어른의 시간

저녁 무렵 차에서 라디오를 듣고 있었다

안녕하세요. 오늘도 잘 부탁합니다.

어머….

점장님!!!

뭔데?

여러분의 체험담 많이 많이 보내주세요오.

자, 그러면

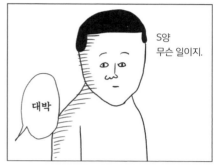

S양 무슨 일이지.

대박

'앗, 내용이 쪼끔 야한가?' 싶은 것은요.

그치?

이 컵 웃고 있어요!

두 사람 다 1회 쉬기.

6시 반 지나서 전해드릴게요.

6시 반도 빨라

36

총총
총총
총총
총총
총총

그날 식당은 정말로 붐벼서

줄 줄줄

시스템을 모르겠다

그쪽이었나!

아이스크림 줄이었다.

아이스크림

자, 이거 부탁해!

주문

척

식권을 내는 카운터에도 긴 줄

글게.

좀처럼 줄지 않네.

그럭저럭 20~30분은 서 있었다.

그러자 어디선가 나타난 할머니

식권 내지 않은 사람 있습 니까-?

성큼 성큼

음, 네네, 이거는요.

아, 네. 아직 안 냈어요.

37

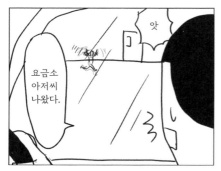

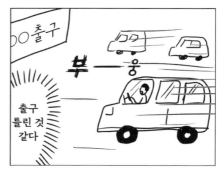

38

옳지, 완벽해

거실에 신문지를 깔고 그 위에 올렸다.

세탁기 코너

감사합니다.

이걸로 할게요.

세탁기를 샀다!

갑니다!

네.

영차.

영차.

세탁기 배달 왔습니다.

네에.

며칠 뒤

저희 신발까지 치우셨네요.

앗.

앗, 그렇구나!!!

현관 신발들 좀 치워주시겠습니까?

알겠습니다.

그럼 먼저 헌 세탁기를 꺼낼 테니

열심히

열심히

39

안경점 점원

최근에 눈이 침침해서

돋보기를 **사러 왔다.**

그럼 시력검사 하겠습니다.

여러 가지 하십니다.

방향이 거꾸로야, 이거

그럼 렌즈는 이걸로.

네, 알겠습니다.

완성까지 한 시간이 걸리니

대단히 죄송합니다만.

다시 들러 주시겠습니까?

말투가 정중한 분이시네.

잘 부탁합니다.

네, 알겠습니다.

44

어…?

한참 있다보니 뭔가 이상했다.

콘택트렌즈 가게

익숙하지 않은 안경에 지치기 시작

네네

콘택트렌즈를 사보았다.

스으…

젊은 사람들 대단해.

부들부들

처음에는 무서웠지만

콘택트렌즈에 안경까지 끼고 있었다.

너무 보려고 했네

보인다!

이제 안경 따위 필요 없어!

익숙해지니 쾌적

오, 좋네….

자아….

그리고 언제나 처럼 만화 작업을

마음에 드는 옷을 찾았습니다

46

47

49

엄마의 계획

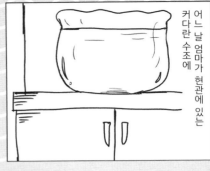

어느 날 엄마가 현관에 있는 커다란 수조에

아, 있네, 있네. 먼저 이 바늘침을 수조에 ….

총총

총총

이 안에 식물을 심고 싶어.

넣고.

퐁당

탁

헐 ….

쨍그랑

촤르르

실패로 끝났다

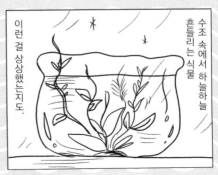

수조 속에서 하늘하늘 흔들리는 식물

이런 걸 상상했는지도.

50

* 보여주고 싶다: 見せてあげたい
　과시하고 싶다: 見せびらかしたい

아이돌 콘서트의 티켓은 구했지만,

말도 안 돼!

SOLD OUT

응원봉이 매진이어서 절망.

지금이라면 밝아서 찾기 쉬울지도

두리번 두리번

하지만 한 번 더 살 수 있는 기회가 왔다.

응원봉 재판매합니다.

팬클럽 운영진

앗싸!

아, 이거다.

있다!

잘됐다, 잘됐다

그러나 바빠서 사는 걸 잊고

아…! 판매 끝났어!

당일—

여기요.

내 응원봉이 깨져서 흩어졌던 것이다.

주먹으로 대신했다.

꺄악

53

54

정말 죄송합니다

끈질기네.

딩- 동

아들이 볼일이 있는지 외출했다.

그래.

다녀 오겠습니다.

나도 바쁘단 말이야.

찰칵

쿵 쿵

아, 진짜 뭐야!

그리고 잠시 후 —

응? 아들 인가?

찰 칵

직접 열라고옷!

아! 역시 아들이네!

인터폰을 확인하니

아앗?!

우체부 아저씨

죄송합니다…. 우편물입니다.

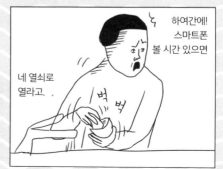
하여간에! 스마트폰 볼 시간 있으면

네 열쇠로 열라고.

벅 벅

온화한 분위기 속에 친척 T군이

아하하

수

아니, 그건 욕실 의자

탁

맞아 맞아

맛있어서 밥이 자꾸 들어가네.

그럼. 떠줄게.

더 먹어도 돼요?

아, 괜찮아요. 제가 떠올게요.

생선

음
….

사랑해

나도

우리
엄마는

텔레비전에서
로맨틱한
장면이 나오려고
하면

뭐야,
뭐야.

으응?
할머니
이…

사정없이
껐다.

삑

아앗

뿌직

어느 날 우리 아이들에게
책을 읽어줄 때.

엄청나지.

바닷속 생물.

바닷속
물고기

…ㄴ
아나고.

친아나고*

하여간 친(ちん)*은
금지 단어.

응.

할머니,
이건
뭐야
아?

바닷속

* 친(ちん): 남성의 성기를 가리키는 말
* 친아나고(ちんあなご): 정원 장어

61

네네네.

잘 부탁해요.

부스럭 부스럭

소개했을 때의 일

옛날에 남자친구를 부모님한테

들어 와.

실례합니다.

종이와 펜

짠

마치 면접 보는 것 같았다.

들어와요, 들어와.

아, 네네.

앉아요, 앉아.

네.

잘 부탁합니다.

엄마의 준비물

62

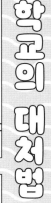
학교의 대처법

초등학생 딸이 감기 기운이 있어 결석하기로.

오늘은 쉬자.

체온계가 어디 있더라.

띠리리리리릭

부스럭 부스럭

O학년 O반 OO입니다.

앗, 여보세요?

찰칵

부스럭

네.

딸이 감기 기운이 있어서

부스럭

틀니가 없다

둘째 학교에 전화를 한 것이다

여동생 오늘 결석한 것 같더라 하시던데?

집에서 쉬게 하겠습니다.

아아…, 네….

잘 부탁합니다!

있다, 있다

자, 열 재봐.

네에.

삑

실은 이날,
당시 고등학생이었던
첫째도 감기였는데
큰애 병결 보고는
딸의 초등학교에
해버렸습니다.

뒤죽박죽입니다.

저녁 무렵, 둘째가 귀가

다녀왔습니다.

어서 와.

아, 오늘 학교에서 선생님이….

응.

65

어어….

앗, 알았다.

얼마 전에 화제였던 드라마 「아재의 사랑」 이야기.

그 드라마 봤어?

뭐?

「아저씨 데이즈」

아닌 것 같은데.

다나카 케이 나오고 ….

아, 타이밍을 놓쳐서 보진 못했지만

재미있었다더라.

그거, 그거.

드라마 제목이 ….

66

산책 중

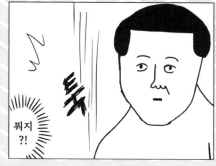

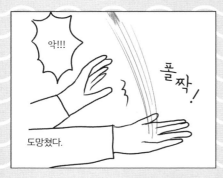

고구마 말랭이를
상비하기 시작한
마메 씨.

그녀를 모르는 사람은 없다

72

핫핫핫
핫아

그리고
어떤 사람은…

하하하

회사 점심시간

그렇죠-
하하하하

재잘 재잘

틀니가
빠져버렸다

턱!!!

사소한 일에
빵 터진
우리

하
하

하
하하하

하하   하하

하하하

하하하

하하하

어떤 사람은
눈물을 흘리고

하하

하하하
하하

어떤 사람은
테이블을 마구
친다.

탁탁

73

당황스러웠던 일

이거 봐!

지금 말야, 자판기에서 커피를 샀는데!

맛은 어땠어?

다 먹었다!

하아….

진짜네?!

두 개가 포개진 거야!

맛있어! 해물맛이어서 비교적 담백하고….

엇?

미처 못 보고

내가 눌러서

누가 눌러 놓고 잊어버리고 간 걸

분말 스프를 넣지 않았다

저런, 짜증 나겠다.

이렇게 됐어….

75

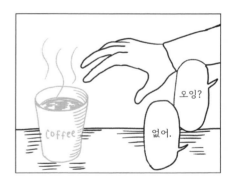

76

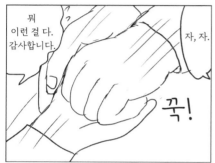

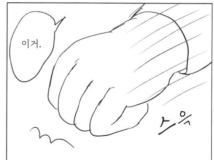

80

81

회사 사람들과 회식 중

재잘재잘

아히히

화기애애

근데 말이야. 너는 진짜 참치 좋아하더라.

사 사

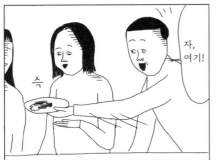

거기.

뭐 덜어줄까?

자, 여기!

숙

아, 고마워. 그럼 거기 참치 좀 줄래?

참치녀.

오케이.

잠깐만 기다려.

사

뭐….

깊은 뜻은 없었었습니다

앗! 아니….

진지한 사람

이 사람
진지했었네

83

그거, 필요해?

84

소무차이는 말이야….

네에….

그 사람, 소무차이 라고 해.

이제 일 얘기는 제쳐놓고 남친 얘기를 멈추지 않는 S씨.

내가 태국에 놀러 가기

S씨.

사랑받고 계시네요.

원거리 연애인가…?

일주일 전부터 호텔에서 기다려.

아니, 집에서 기다려도 되잖아?

좋겠다….

뭐… 그렇지….

음….

배배~

웃기겠지만.

들어봐, 들어봐.

얼마나 사랑받는가 하면!

쉬는 날 얘기?

서류 얘기?

하여간 어찌나 울보인지 말야, 요전에도 싸우다가, 있지.

그 후에도 폭주가 계속되는 S씨.

잘 잘

잘 잘

이 회사 그만두고 싶다.

아니면 **소무차이** 얘기?

듣기가 괴로워진 나는

그랬더니 소무차이가

울지 말라고

그래서 내가 그랬거든.

잘 잘

잘

잘 잘

잘 잘

화제를 바꾸는 작전으로.

묻고 싶은 게 있었는데.

아! 참!

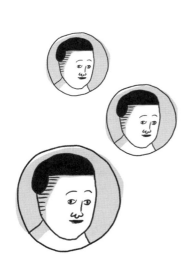

저기, 저기….

어…, 저기, 그거요.

뭔데?

뭐야, 뭐야?

일단 내 돋보기 써볼래?

엥?

응…?

딸한테 메시지가 왔네.

딩동♪

첫 체험

노안은 아니….

스으으

찌릿

흐릿….

요즘 글씨가 잘 안 보이더라고.

선명

딸

엄마   15:00

지금 갈게   15:02

너, 그거 노안이야.

꺄아악!!!

너무 잘 보여서 깜놀

스마트폰 의존증으로 시력이 떨어졌을 거야.

아냐, 그건 아니라고 생각해.

88

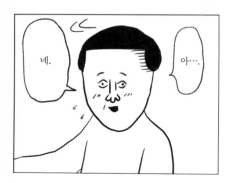

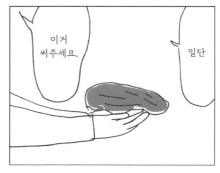

아잣

싫어, 그쪽이 와.

여기.

아냐, 아냐, 그쪽이 와.

그렇게 나온단 말이지

집어 집어.

빨리 빨리 빨리.

집어, 집어 집어.

빨리 빨리 빨리

집어, 집어 집어, 집어

아!

저기! 신입!

저벅 저벅

신입에게 엄격한 S라는 사람이 있었다.

꽃집에서 아르바이트 할 때

잔소리 잔소리

너! 제대로 하라고!

네….

항상 말투가 좀 심하잖아?

S씨 말이야….

아무리 그래도 너무 딱하네….

알아 들었어?! 쫑알쫑알 쫑알!

저러면 더 주눅 들지….

무섭겠지만, 실은 말야….

네….

아.

그러나 그 녀석에게 엄격함을 가르치기 위해서야.

확실히 내가 말이 심하긴 해.

하지만 S씨는….

아뇨, 전혀 무섭지 않은데요.

조금도 영향이 없었다

헐!

하 핫

무서운 상사가 한 명쯤 있어야 되잖아.

이랬다.

96

알겠습니다!

손님이 좋아하는 꽃을 읽게 돼.

오래 하다보면

척 척

즉시 꽃을 고르는 선배

역시 선배

오오, 대단하시네요오.

실례합니다.

해바라기다

잘 봐.

넵!

손님이다.

어서 오십시오.

그리고 거의 완성되어 갈 때

죄송하지만…

한 다발 부탁합니다.

가정용으로

끌리는 것도 필요해.

꽃집은 말야.

끌 리 는 선 배

이제 곧 완성입니다.

네.

아…, 아뇨, 저는.

저… 어.

…끌려요?

그러십니까!

해바라기를 제일 싫어해요….

먼저 물어보라고요

손님을 즐겁게 해줘야 해.

응, 꽃다발을 만들 때부터

그렇군요.

실례합니다.

98

그러나 그때

저기….

잘 봐.

넵!

손님이다.

어서 오십시오.

네.

어, 저기….

그리고 선배는

스-윽…

꽃꽂이를 시작했다.

아, 죄송합니다.

좀 빨리 해줄 수 없을까요?

결과가 너무 안타깝다

거기에 있는 것은 꽃집 주인이 아니라

천천히, 그리고 확실하게, 끌리게.

스-윽…

퍼포머였다

뭐가 완성된 거예요?

수고하셨습니다.

꽃집에서 작업 중

아, 이거.

이건 말이야.

음…

저기…

바쁜 것 같으니 냅두자.

S씨, 뭐 하는 걸까.

종이로 만들었어….

그러게.

중요한 일을 하고 있을 거야, 분명히.

짠

작은 개구리.

어린이 집이냐, 여기가

완성!!!

그리고 몇십 분 뒤

아…!

101

분위기 후끈 달아 올라서

근데 뭐랄까.

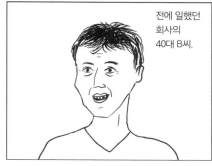

전에 일했던 회사의 40대 B씨.

나이가 드러날 때

다들 신났을 때

예~이!!!

B씨만…

하하하

나도 거기 빠졌잖아.

화기애애

화기애애

진짭니까?

젊은 사원들의 얘기도 잘 따라가는 타입.

이상한 춤 추시더라고요.

예~이!!!

트위스트가 나왔구나

호오, 재미있었어?

어제 노래방에 갔었어요.

어느 날 젊은 팀과 노래방에 간 모양이다.

역시 그랬구나.

B씨 정말 젊더라고요. 요즘 노래 완전 잘 알고.

네.

103

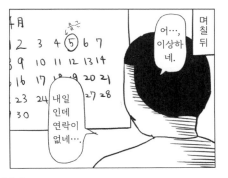

104

그렇지?

정말이네. 귀엽다!

와!

회사에서 해외여행을 갔다. 자유 시간에

선물 뭐 사지.

가게를 구경하는데

이건 여러모로 잘 쓰이겠네.

응.

여기, 여기, 마메 씨!

엄청난 것 발견했어!

사자!

귀국 후

무지하게 귀엽지 않아?

봐, 이거!

뭔데?

짜잔

왜 샀을까

해외에서의 들뜬 분위기, 무섭다.

응응! 동물 그림 자수야!

뭐야, 이 무늬.

동물?

106

회식에서

그렇지, 눈썹이 연하다고 했지?

아, 네.

한 가지 제안이 있는데.

새로 들어간 회사의 첫 회식에서 사장님이

그렇지만 엄청나게 연한 건 아니고….

마메 씨, 라고 부르기 좀 딱딱하니까

마로짱, 어때?!

갑자기 분위기 헤이안 시대

다른 호칭을 한번 생각해보지 않겠나.

아하, 마메짱 이나 오마메짱 으로?

음…. 어떻게 할까….

아…, 네.

110

새로운 출발

111

그리고…

네.

괜찮아. 문을 열어도

여긴 항상 아이들이 와글와글 떠들고 놀고 있어서

오늘은 단골 고객인 학원에 갈 거야.

네.

그날은 신입 후배와 함께

안녕하세요! 배달 왔습니…

○○학원

도착.

중요한 시험 중이었다.

죄송해요

저기…. 저는

처음이니 견학만 해도 될까요?

그럼 오늘은 잘 보고 흐름을 외워둬.

그러네, 오케이.

네!

112

그의 발언은 정말 멋졌다.

오 오 ….

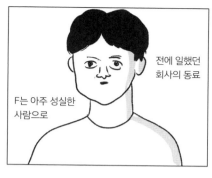

전에 일했던 회사의 동료

F는 아주 성실한 사람으로

역시 요즘 시대는 그게 필요한데

우리 회사도 이제….

일 이야기가 나오면 저절로 뜨거워지는 타입.

그러나 자세를 보면 ….

이렇게

앞으로는 이런 걸 시작해서

집에서 동료들 다 모여서 술을 마실 때도

금세 빵 터진다.

그 래 서

뭔가를 낳으려 는 것 같다

손짓 발짓

상당히 진지하고 뜨겁게 얘기했다.

113

한여름의 비극

착

혼자 가고 말았다

그럼 밑에서 기다리고 있을게!

당시 20대였던 내가 사귄 지 얼마 되지 않은 M야마와 수영장에 갔을 때의 일.

수영장에 도착하자마자 M야마는 내게 이렇게 말했다.

턱

투덜거리면서 튜브를 탔지만…

헐, 이거 혼자 타는 거야? 커플끼리 까악까악 하며 타는 것 아닌가.

튜브 슬라이더 타자.

일단 저기 있는

하— 하핫 하앗!

하하하

무지하게 재미 있었다!

남자 친구가 없어서 마음껏 소리 질렀던 나.

쏭 쏭

튜브 슬라이더라면…

커플이 까악까악 하면서 타는 것이다.

괜찮아?

까악

이거 잼있다!!!

힘껏 점프해서 넘어 보자! 이얍!

하나 둘 셋!!!

그리고 눈앞에 장애물이 등장!

일단 그걸 타자.

응, 좋아.

재미있겠다! 라고 생각했는데

그날은 M야마와 쇼핑 약속을 했는데…

오잉

풍덩

그리고

안녕.

어째선지 올백하고 온 M야마.

말잇못

호쾌하게 팬티를 먹었다

뭐지, 이거. 죽고 싶습니다만

나, 저쪽 보고 올게.

그리고 쇼핑 중

라고 해서

각자 행동하기로

라고 생각하면서
얘기를 들어보니

저
남자
말이
야.

응응.

그때,

야, 저기
저 사람
좀 봐.

소노만마
히가시*
닮지
않았니?

앞머리의
소중함을
깨달았다.

흘끗

여자 둘이
키득거리며
말했다.

키득 키득

* 소노만마 히가시: 일본의 코미디언

아마도 M야마
얘기를 하는 것
같았다.

오오… M야마
꽤 인기 있네.

흘끗

117

누가 들어 올 수도 있잖아.

아무도 안 들어 와.

헤헷

M 야 마 집 에 놀 러 갔 을 때 의 일.

들 어 와.

벌 컥

실 례 합 니 다 아.

그런가 …. 들어올 마음이 들….

왜?

엇!

엉망…

더럽닷

뭐지, 뭐지.

고양이 키우는 구나.

게 다 가

활 짝

자기, 창문 열려 있어.

쓱

이미 들어 와 있었다

고양이 안 키우 는데?

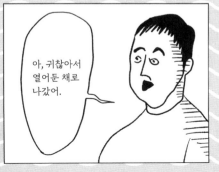

아, 귀찮아서 열어둔 채로 나갔어.

118

당첨됐을 때를 위해

119

완전히
자는 척

흐냐 흐냐

쿨
....

어느 날,
M야마 집에서
잠이 들어

쿨쿨…

잠시
방심한 그때

평생
그 말
하겠지.

들렸을 거야!

틀림없이
들었어!

죽고
싶다!

엄청나게
큰 방귀를 뀌었다

뿡!

움찔

그러나

그러고
나서
M야마가

방귀
얘기를
언급하는
일은
없었다.

큰일났다
큰일났다
큰일났다
큰일났다

꽤
괜찮은
사람이었잖아.

워어….
M야마….

슬쩍 눈을 뜨고
M야마를
확인해보니

흘끗

공포의 제트코스터

틈만 나면
엉덩이를 걸치는
마메 씨.

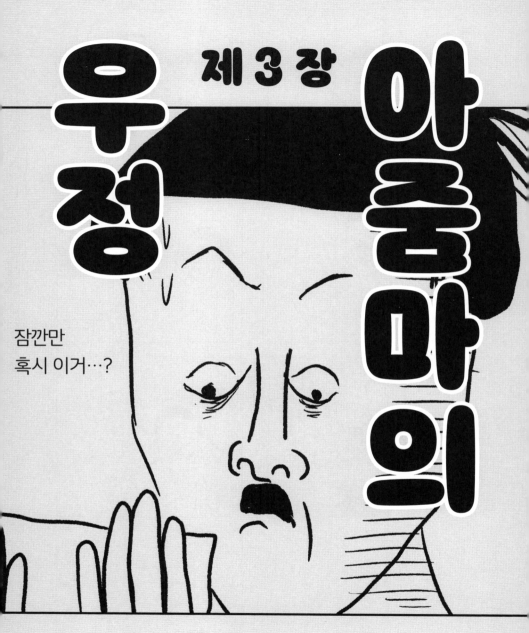

친구 F의 집에 놀러 갔을 때의 일.

안녕.

이거 전에 빌린 반찬 그릇. 고마웠어.

아, 그래. 일단 들어와.

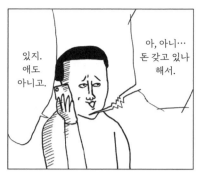

있지. 애도 아니고.

아, 아니… 돈 갖고 있나 해서.

점심 먹었어?

아니, 아직이야. 지금 사 올게.

가방?

가방이라면 손에 잘 들고 있…

가방이 여기 있길래.

그럼 다행이지만.

미안, 내 것도 부탁해.

오케이.

그럼 다녀올게.

뭐야? 왜 그래?

아나, 아무것도 아냐!

아아아앗!

반찬 그으으읏!

그리고 슈퍼에 도착한 순간, F에게 전화가 왔다.

슈퍼

띠롱 띠롱 띠롱

응, 여보세요. F? 왜?

126

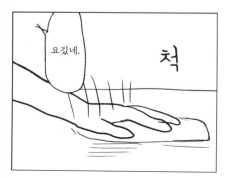

129

홋카이도에서 도쿄로 이사 온 친구를 만나러 갔을 때의 일.

슬슬 밥 먹으러 갈까?

아하핫

아, 즐거웠다.

그럼 우리 집 근처에 싼 어묵집 있으니 거기 갈래?

그러게, 도쿄는 잘 몰라서.

좋아.

뭐 먹을래?

갈래!

어떡하지.

나도 몰라.

테이크아웃도 돼서 자주 가는 곳이야.

답답하네!

아…. 정말!

완전히 도시 여자네!

대박!

맛집 전문가 같아!

130

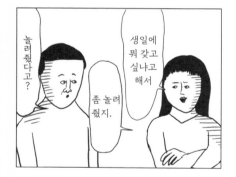

좋다면…?

100만 엔 정도 마권 사는 장면 있지?

마권! 샀습니다!

우마이보* 100개 갖고 오라고.

꺼져!!!

* 우마이보: 한 개에 10엔짜리 과자

그게 생각나서.

씨익

엥?

그 말을 했어?

내가 그렇게 좋다면….

응, 해버렸어.

132

133

디스코장 가자.

옛날에 친구 따라서 디스코장에 갔다.

춤을 잘 추는 친구의 패션을 흉내 내어

상큼하게 코디

흰색

흰색

흰색

똑같이 입어보았다.

디스코장에 도착하자

익숙한 느낌으로 바로 춤을 추는 친구.

이렇게 소중한 사진을 미안하게.

헉? 아냐, 아냐.

얼마든지 인화하면 되니까.

괜찮아, 괜찮아.

그러게…. 이렇게 좋은 사진을….

필…, 필요 없다고

아니…. 미안해 서….

134

아까 그 남자가….

잠깐!

그런 생각을 하고 있는데 친구가 오더니

따라서 춤을 추는 나.

너….

응응.

근데 별로 내 타입이….

그랬더니 친구가 한 남자와 얘기를 했다.

야구선수 냐고.

완전 헛짚었 다

어쩐지 내 얘기를 하는 것 같았다.

솔직히 내 타입 아닌데…

내가 마음에 들었구나, 하고 바로 알아차렸다.

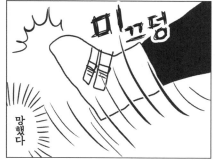

나는 스키어

139

140

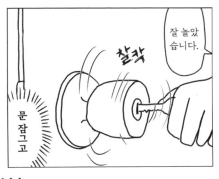

망했다…

비상열쇠 없으니까

라고 했는데.

아아…

101

시간이 없어서 일단 공항으로

건물 관리인도 모르고 어떡하지

덜그럭-덜그럭

일단 S에게 전화

따르르르르릉…

통화하지 못한 채 홋카이도에 도착했다.

따르르…

덜그럭 덜그럭

어쩌다 이런 바보 같은 짓을

지금 전화를 받을 수 없으니 음성 사서함으로…

방을 안 받는다. 근무시간일까.

따르르르르…
따르르르르…

찰칵

여보세요?

음성사서함에 녹음을 하고

앗, 여보세요.

미안해. 시간이 없어서 그냥 가는데 열쇠를 우편함이 아니라 현관에 넣어버렸어. 정말로 미안해.

뚝!
뚜 뚜

S!

이때 이미 밤

145

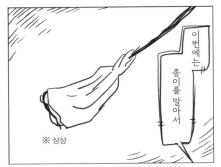

친구와 교토에 갔을 때

여기네, 여기, 여기.

오길 너무 잘했어요.

그렇게 좋아해 주어서 기쁘네요.

정말 맛있어요.

유명한 단팥죽 가게에 들어갔다.

나, 이걸로 할래!

그럼 나도.

입가심으로 쓰케모노*를 자셔봐요.

네….

아.

단팥죽 나왔습니다.

우와….

으읍

처음에 다 때려 넣었는데

* 쓰케모노: 채소절임

정말이야!

와, 대박. 엄청 맛있어!

캠핑의 달인

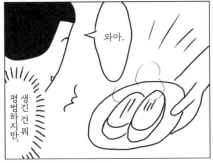

뭐지, 이거

스윽

아, 참.

그리고 돌아올 때

비디오 카메라 갖고 왔는데 별로 못 찍었네.

부탁합니다.

아냐, 다시 하자.

수

봐봐.

호오, 그래. 알겠어.

다들 잘 때 재미있는 것 녹화해 두었는데

캠핑의 의미 같은 건가?

뭐야, 뭐야?

스윽

귀가 후

어디, 어디?

삑

볼링 자세 연습

캠핑하고 1도 상관없잖아

휘릭

자…, 그럼… 시작하겠습니다.

어, N이 나왔네

지직

151

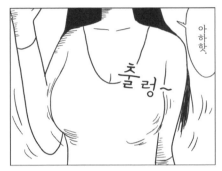

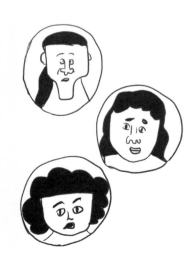

전에 결혼 활동에 힘썼던 두 친구.

요전에 맞선파티에 갔거든.

K

N

N의 자리가 …

대박, 어땠어?

양쪽이 여자였어.

너무 불운 !!!

싸

아

만남은 없었어.

으… 응.

남녀 교대로 앉는데 …

아니, 그게 프리토크 때

여 남 여 남 여

결혼하고 싶은 Z의 양면

154

잘 부탁해요.

앗, 네.

하핫

내가 남자랑 잠깐 얘기하는 사이

열받아.

맞선파티에서 돌아온 K는 N에게 배신당했다고 화냈다.

글쎄!

N이!

저어…, 2차 가시겠어요?

앗…, 네….

파티가 끝난 뒤

잘생긴 남자랑 빠졌어?

아냐.

어머, 잘됐네.

남자의 권유로 2차에 가게 됐는데

날 두고 도망간 거야.

무섭네

튀자!!!

적당한 기회에 가자고 했는데

소곤소곤

그러게.

소곤소곤

내 타입 아냐 집에 가고 싶어

근데 전혀 내키지 않아서

155

으음,

글쎄…. 대체로

먹을래?

초콜릿

20년쯤.

포기해

무슨 다이어트?

그러니

아니, 지금 다이어트 중이어서.

초콜릿

식사 제한 중심이야.

여러 가지 하는데!

초콜릿

오…, 그건 며칠이나 하는 거야?

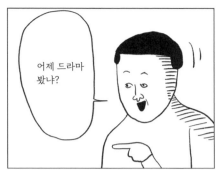

157

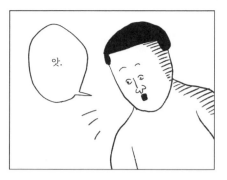

* 앙미츠: 팥빙수와 비슷한 일본식 디저트

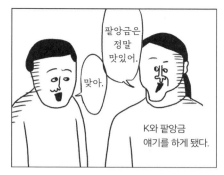

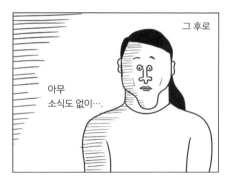

5월의 여운이 있으니까.

뭔 놈의 여운

점에 목숨 거는 여자

결혼이 순조롭지 않아 점을 보러 가기로 한 K.

여기 잘 맞힐 것 같으니 가보자.

10월 나룽요

그렇구나.

...근데

비싸!

3만 엔이나 해!!!

그리고 며칠 뒤.

어땠어?

점쟁이는 어떤 사람?

역시 비싼 만큼 좋았어?

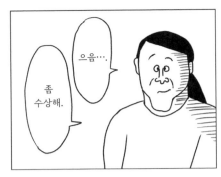

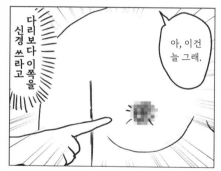

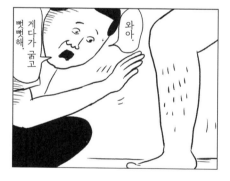

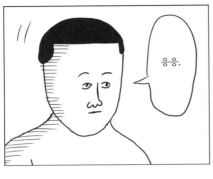

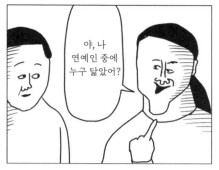

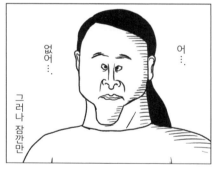

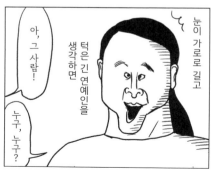

K의 발상

친구한테
맡기기도 하고

알겠어.

한동안 좀 맡아 줘!

우왓.

꼭 봉인하고 싶은
사진이 있었다.

아하하하
하하하하

오랜만!

그 사진을 까맣게
잊고 있던
어느 날.

우와, 엄청
못생김.

중학교 때 친구 네 명과
찍은 것.

헉!

사진 속 한 명이

이거
누가 보면
죽어버릴
거야.

우와아아아.
어둠에 묻고
싶다….

결혼식에서 써먹었다!

너무한 거 아니냐고!!!

이 쪽은 중학생
시절인데요.

벽장 속에도
넣었다가

탁

하지만
버리기도
그렇고.

그리고 어느 날

K의 변명

K의 집에서

앗!
깨졌다.

쨍그랑

괜찮아?
괜찮아,
괜찮아.

콰
콰
콰
콰
쾅!!!

부—웅

앗!

물건이

원래
깨지는
거지.

으악,
범퍼…

다른 날

이어폰이
안 들려.

고장
났네,
이거.

규모가 너무 크지 않니?

괜찮아.
물건은
부서지는
거니까.

물건은

원래
고장 나는
거니까.

아,
할 수 없는
거야.

169

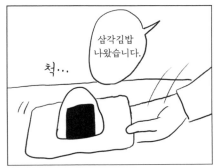

170

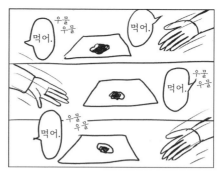

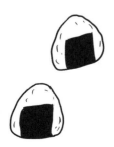

냉동실

드르륵

슈퍼에서 아이스크림을 샀다.

오늘 기온이 높아서 녹을 것 같은데.

앗? 없어!

어째서?

감자

부 ─ 웅

좀 서두를까.

드르륵

대체 누가 먹어치운...?

다 왔다!

좋아, 바로 냉동실로.

세이프.

탁

헉!

야채실에서 얌전히 녹고 있었다

ICE

잠시 후

자, 아이스크림

먹자....

172

스르륵

부모님과 차를 타고 쇼핑을 갔다.

친정 세면실 수도꼭지가 망가졌을 때.

온수는 나오니까 그걸로 세수나 해.

온탕 VS 냉탕

엉, 싫냐?

창문 열었어요?

앗!

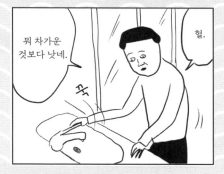

뭐 차가운 것보다 낫네.

헐.

꾹

아빠는 맨날 저렇게 열어.

아뇨…, 싫진 않지만….

추르르륵

쏙

지금 한겨울!

휘이이잉—

어떻게 됐냐고요?

그래서 피부

뜨거워!

엄마, 아빠는

대체 어떤 피부길래

알았을 때의 나

사촌 집에서

어릴 때 가족이 친척 집에
놀러갔을 때의 일.

잘
지냈어?

어서 와.

한국요리

한국 식당 앞을
지나갈 때

어….

저 간판의
요리 뭐
였더라?

완전 까먹었다.

2층 사촌동생 방에서
놀고 있는데

하
하
하

아,

저건
저기
….

당시 초5 정도였던 N이
이렇게 말했다.

나 오줌
마려운데.

치즈

닭갈
….

그래
그래

화장실
가면
되잖아?

목소리
너무 커,
까마귀냐.

아…

!!!

174

쏴아…

아니…. 화장실 1층이라

귀찮아.

줄줄

비료, 비료.

드륵

창문에서 쌀래.

뭐?

추룩

추룩

추룩

야, 야!!!

정원에는 우리 엄마가 있었다.

아아악!!!

추룩

추룩

추룩

응?

괜찮아. 이 밑에 정원 이어서.

주섬

주섬

안 돼, 하지 마.

175

힘이 없어 보였다.
T 아저씨는 역시

여어….

얘기를 나누고 있다.
엄마와 이모가 지인인 T 아저씨

T 아저씨, 다친 데다가 이런저런 나쁜 일 겹쳐서

저런… 딱하게.

오늘! 우리 언니 데려왔어요!

T 아저씨!

인생 경험 풍부한 언니가 조언 좀 해줘.

응응.

아… 어어

괜찮 아요?

T아저씨…, 힘들었 죠.

그러자 이모가 바로 위치를 바꾸었다.

그런 건 나밖에 할 사람이 없지. 이모의 오지랖 혼에 불이 붙었을 때

오케 이.

T 아저씨!

같은 경험 해봐서 알아요. 하지만

나도요.

아저씨…, 괜찮아요?

실례합니다.

T 아저씨 댁으로.

176

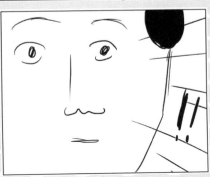

178

179

180

무엇을 위해?

얌전한 남자 친구의 집에서 꾸벅꾸벅 잠이 들었을 때.

졸면서도 웃는 얼굴로 대응했다.

ㅡ찰칵

문득 정신을 차리고 보니

어

남친 뭐 하는 거지?

흠냐…

내 카메라?

뭐 찍는 거야?

찰칵

며칠 뒤, 사진이 나왔다.

응?

아아, 졸려서 눈이 떠지지 않네

찰칵

상상을 초월하는 내가 있었다

얌전하게 이상한 얼굴 가르쳐주네

183

고의가 아니었어

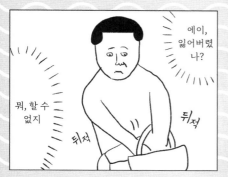

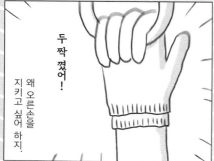

그래서...

그리고 다음 날

미안, 말을 못 하겠어.

에이...

회사 상사에게 요리 실패담을 얘기했더니

그래서

두부 햄버그가 너무 부드러워서 몬자야키로.*

하핫

모두한테 얘기해도 돼?

재미있다!

네.

또 다음 날

근데...

미안, 무리야.

궁금해!

그리고 일주일 뒤

근데 그게...

몬자야키가 됐다지 뭐야!

다들 들어봐!

뭐예요?

있잖아...

너무 튕겨서 몹쓸 분위기

멍--

개민망

아하하

하하핫

잠깐만, 잠깐만,

웃겨서 말을 못 하겠어.

* 몬자야키: 고기, 채소, 해물 등을 묽은 밀가루 반죽에 버무린 뒤 철판에 구워 전용 도구로 떼어 먹는다. 물컹물컹한 빈대떡 느낌.

189

아이패드로 좋아하는 아이돌의 동영상을 보고 있었다.

멋있다...!

이런 인간

기다리고 기다리던 콘서트 날.

오늘은 우리 지역에서 가까워서 기쁘네.

맞아, 맞아.

이 노래 좋아하는데….

잘 들리지 않네!

음량을 좀 높이자.

와, 눈 많이 와.

어라…. 어째서?

음량이 안 커져.

뭐지, 이거 왜 그러지?

하지만 차로 10분이니 여유 있어.

응.

그게 아니었다

아이패드에 텔레비전 리모컨

그리고 몇 시간 뒤

부—웅

190

자랑스러운 싱글맘의 이야기

마메 씨는 파트타임을 하며 세 아이를 키운 40대의 싱글맘이다. 30대 때에는 식품 공장, 드럭스토어, 꽃집, 도시락 배달 등등 두 탕, 세 탕씩 뛰며 아이를 키웠다. "자격증도 없고 재주도 없어서 시간으로 돈을 벌 수밖에 없었어요" 라고 그는 말한다.

　파트타임, 세 아이, 싱글맘. 이 삼단콤보 단어만으로도 그의 삶이 얼마나 고되고 여유가 없었을지 상상이 된다. 그런 그가 40대가 되어 한국의 아이돌 그룹 BTS에 빠졌다. 기계치여서 스마트폰도 쓰지 않던 그가, 같은 팬들과 정보를 교환하기 위해 스마트폰을 샀다. 그리고 SNS를 시작했다. 그들과의 교류를 위해 아이돌과의 망상 만화를 그려서 올렸더니 반응이 좋았다. 아마도 "마메 님, 금손이시네요" 하는 찬사를 숱하게 들었을 것이다. 덕질하는 사람들이 제일 부러워하는 금손. 만화를 보고 모두들 즐거워하니, 마메 씨는 그 분위기를 타고 일상생활도 조금씩 그려서 올리기 시작했다. 파트타임 할 때의 일화나 실수담 등은 '웃픈' 그녀의 모습을 가감 없이 보여주었다. 그 이후 팔로워 수가 쭉쭉 늘어나서 3년 만에 무려 19만 명! 정말로 평범한 40대 주부였던 그가 아이돌 덕질을 하다가 어엿한 만화가가 된 것이다.

　사실 마메 씨에 관해 이렇게 길게 설명할 필요가 없다. 만화 몇 편 읽다보면 머쉬룸컷을 한 아저씨 같은 아줌마(원제가 『아줌마데이즈』이다)의 캐릭터에 빠져서 연신 키득거리고 있게 될 테니. '파트타임을 해서 세 아이를 키우는 싱글맘'이라는 수식어에 가졌을, 우울하고 불우하고 어두울 거라는 편견이 한 방에 날아간다.

　마메 씨의 인생은 개그 담당이었을까. 파트타임을 두 탕, 세 탕 할 때도 (아마 그는 정신은 없었겠지만) 정신적으로 힘들어 보이기는커녕 온몸의 세포가 긍정력 만렙인 씩씩한 사람 같다. 번역을 하면서도 육성으로 "푸핫!" 하고 터질 때가 많았다.

번역 의뢰가 들어왔을 때, 40대 싱글맘의 코믹 일상 만화란 말을 듣고 "아, 저도 싱글맘이어서 잘 할 수 있어요"라고 했다. 그랬더니 나중에 편집자가 말하기를, 초면인데 당당히 싱글맘이라고 말하는 게 멋있었다고 한다. 나는 자랑스러운 대한민국의 싱글맘인걸요(웃음).

　마메 씨도 아마 나처럼 '자랑스러운 싱글맘'이라고 생각할 것이다. 열심히 일해서 혼자 세 아이를 키웠는데 얼마나 자랑스럽겠는가.

　삶을 그림으로 그리라고 하면 정밀한 선이 수없이 필요할 것 같은데, 마메 씨가 그린 삶의 그림은 참으로 단순하다. 그냥 쓱쓱 그리고 끝. '세상 어렵게 살 필요 없잖아요?' 하는 듯하다. 가벼운 마음으로 페이지 넘기며 머릿속을 비우기 참 좋은 책이다.

권남희

옮긴이 권남희

일본 작가의 문학 작품을 우리말로 옮기는 30년 차 전문 번역가. 지은 책으로
『번역에 살고 죽고』,『귀찮지만 행복해볼까』가 있으며 옮긴 책으로『달팽이
식당』,『카모메 식당』,『시드니!』,『샐러드를 좋아하는 사자』,『저녁 무렵에
면도하기』,『어느 날 문득 어른이 되었습니다』,『배를 엮다』,『츠바키 문구점』,
『이유가 있어요』 외에도 280여 권이 있다.

아직 제정신입니다

2021년 4월 21일 1판 1쇄

지은이 마메
옮긴이 권남희

편집 김태희, 장슬기, 이은, 김아름, 이효진 | **디자인** 김효진 | **제작** 박흥기
마케팅 이병규, 양현범, 이장열 | **홍보** 조민희, 강효원
인쇄 천일문화사 | **제본** J&D바인텍

펴낸이 강맑실 | **펴낸곳** (주)사계절출판사 | **등록** 제406-2003-034호
주소 10881 경기도 파주시 회동길 252
전화 031-955-8558, 8588 | **전송** 마케팅부 031-955-8595 | 편집부 031-955-8596
홈페이지 www.sakyejul.net | **전자우편** literature@sakyejul.com

값은 뒤표지에 적혀 있습니다. 잘못 만든 책은 구입하신 서점에서 바꾸어 드립니다.
사계절출판사는 성장의 의미를 생각합니다.
사계절출판사는 독자 여러분의 의견에 늘 귀 기울이고 있습니다.

ISBN 979-11-6094-720-5 03810